Kitsune

Erstausgabe
© edition AZUR, Dresden 2016
www.edition-azur.de
Gestaltung: Kraft plus Wiechmann, Berlin
ISBN: 978-3-942375-22-1

SUDABEH MOHAFEZ

RITTINER & GOMEZ

TEXTE

BILDER

Kitsune

3 MIKROROMANE

edition AZUR

DAS EIGENARTIGE HAUS

Für Lalana und Kailash

1

Wir beobachten das Haus. Wir beobachten die Menschen darin. Die Veränderungen und Geschehnisse. Wir werden nicht recht schlau aus dem, was dort geschieht. Es ist ein eigenartiges Haus, in dem eigenartige Dinge geschehen. Allerdings sagt Iwan, an dem Haus sei gar nichts eigenartig. Wir seien es. Wir seien seltsam, behauptet er. Wir hätten einen verschobenen Blick auf die Welt. Das Haus sei ein völlig normales Haus mit völlig normalen Bewohnern. So ist Iwan. So ist er schon als kleines Kind gewesen. Mit vier hat er zum ersten Mal behauptet, wir seien verrückt. Sehr ernsthaft hat er uns angesehen und es gesagt. »Ihr seid verrückt«, hat er gesagt. Wir haben uns nichts daraus gemacht, kleine Kinder sagen machmal seltsame Dinge. Aber ganz egal, was Iwan über uns sagt: Das Haus ist eigenartig – und wir werden es im Auge behalten.

2

Eines der eigenartigen Dinge im eigenartigen Haus ist die Höhe der Etagen. Sie verändert sich. Iwan leugnet es, aber wir sind uns ganz sicher. Bis jetzt haben wir drei unterschiedliche Faktoren für die sich verändernde Höhe der Stockwerke ausmachen können – wobei der dritte (noch) reine Vermutung ist. Als wir ihm von den sich hinauf- und hinunterbewegenden Zimmerdecken und -böden erzählten, ging Iwan zum Küchenfenster. Eine halbe Stunde lang betrachtete er wortlos das Haus. Während dieser Zeit geschah nichts von dem, was die Etagen zu wachsen oder zu schrumpfen veranlasst. Das ist typisch. Wenn wir Iwan etwas zeigen wollen, wählen wir meist den falschen Moment. Die Dinge lassen sich nicht vorführen. Im Gegenteil, sie führen einen an der Nase herum, wenn man versucht sie vorzuführen. Deswegen machen wir ab jetzt Notizen zu jedem Punkt.

3

Notizen zum Schrumpfen der Etagen im eigenartigen Haus (1) Nachts schrumpft jedes Stockwerk um ungefähr acht Zentimeter. Bei den vier Etagen, zuzüglich des Dachbodens und des Giebels, ist das pro Nacht ein knapper halber Meter. Tagsüber ist davon nichts mehr zu sehen: Mit dem ersten Morgengrauen beginnen die Etagen sich wieder auszudehnen. Es ist eine kaum wahrnehmbare Bewegung. Schaut man aber konzentriert hin und lässt sich von nichts ablenken, auch nicht vom ersten Amselgesang, dem Raucherhusten des U-Bahn-Fahrers aus dem dritten Stock, der zur Frühschicht aufsteht, oder der getigerten Katze, die mit dem uralten Pärchen im Erdgeschoss lebt und zu Beginn der Dämmerung von ihren nächtlichen Jagdzügen heimkehrt, so ist ein zeitlupenartiges Sich-Strecken in jeder Etage zu sehen. *Unser Plan:* Iwan das Haus in der Morgendämmerung zeigen.

4

Notizen zum Schrumpfen der Etagen im eigenartigen Haus (2) Je mehr Menschen in einer Wohnung wohnen, desto niedriger hängen die Decken. Als die junge Frau mit dem Papagei aus- und der Schuldirektor mit seinen drei Kindern einzog, sanken die Decken in allen Räumen der zweiten Etage um geschätzte drei Zentimeter. (Wir vermuten, dass auch die Wände sich aufeinander zubewegt haben, sind uns aber nicht ganz sicher. Mit Iwan ist in diesen Dingen nicht zu scherzen, deshalb prüfen wir das erst noch.) Als kurz darauf die Freundin des Schuldirektors mit ihrer Tochter, zwei Kaninchen und dem Pekinesen einzog, hingen die Decken sicher weitere drei bis vier Zentimeter tiefer. Der guten Laune der Familie scheint das keinen Abbruch zu tun. Ständig klingt ihr Lachen und Scherzen herüber. *Unser Plan:* Iwan beim nächsten Umzug ans Fenster stellen.

5

Notizen zum Schrumpfen der Etagen im eigenartigen Haus (3) Je weniger sich die Leute in einer Wohnung mögen, desto größer wird sie. Die Wände weichen nach außen, die Decken nach oben und die Böden nach unten. Das gibt dem Ehepaar aus dem vierten Stock (Schornsteinfeger, Journalistin) die Gelegenheit, sich innerhalb der Wohnung stets so fern wie möglich voneinander zu halten. Sie sitzt im Wohnzimmer (Westseite) und schaut fern und tippt Texte und trinkt Aperol. Er sitzt in der Küche (Ostseite) und putzt seine Schornsteinfegersachen und hört Radio und trinkt Wein. Die beiden gehen nie zusammen Fahrrad fahren oder Eis essen oder schwimmen. Iwan sagt, sie seien wirklich unglücklich. Jedenfalls ist ihre Wohnung die geräumigste im ganzen Haus. *Unser Plan:* Iwan bitten, ein Tandem für die beiden zu besorgen.

6

Gestern ist Iwan ausgeblieben. Wir dachten, er könnte seine Uhr verloren und also die Zeit vergessen haben. Als es dunkel wurde und das eigenartige Haus zu schrumpfen begann, erschien uns sein Fernbleiben zwar als überaus seltsam, aber wir kennen Iwan: Er weiß gewöhnlich sehr genau, was er tut. Deswegen blieben wir sorglos und ließen uns nicht aus der Ruhe bringen. Wir schalteten das Licht aus und begannen, wie jeden Abend, das Haus zu beobachten. Inzwischen fällt es uns nicht mehr schwer, das In-die-Nacht-Schrumpfen des eigenartigen Hauses wahrzunehmen. »Übung macht den Meister«, sagt Iwan dazu, und darin stimmen wir mit ihm überein. Kaum war das Licht gelöscht, entdeckten wir ihn. Er saß drüben bei Parimarjan im ersten Stock. Sie spielten Schach! Man stelle sich das vor. Auch so kann man die Zeit vergessen. Und seine Freunde.

7

Wir haben Iwan gebeten, den Keller des eigenartigen Hauses für uns zu erkunden. Er hat sich geweigert. Wir hätten uns in dieses Haus verrannt, hat er gesagt. »Das ist falsches Deutsch«, haben wir geantwortet und er hat verdutzt aus der Wäsche geschaut, was wirklich nicht oft geschieht. Iwan ist kaum je über irgendetwas erstaunt. Er scheint fast immer fast alles vorauszuahnen oder bereits zu wissen oder sich schon Gedanken darüber gemacht und eine Meinung dazu gebildet zu haben. »Es muss heißen«, haben wir erklärt, »wir haben uns in diesem Haus verrannt. Aber auch das wäre falsch, denn wir haben ja nicht einmal unser Zimmer verlassen.« Iwan hat die Stirn gerunzelt. Dann hat er geseufzt. Das mit dem Haus, hat er gesagt, sei metaphorisch gemeint gewesen, und ist kopfschüttelnd gegangen. Iwan versteht unseren Humor oft nicht...

8

Iwan heißt in Wirklichkeit überhaupt nicht Iwan. In Wirklichkeit heißt er Johannes. Aber wir finden Johannes etwas zu biblisch, etwas zu lang und viel zu altmodisch. Es kann nicht sein, dass jemand, der so schlau ist und so lässig und so weltgewandt und so technikbegabt und der so viele Bücher gelesen und Filme gesehen hat, dass so einer ernsthaft Johannes heißt. Hannes macht es auch nicht besser: viel zu norddeutsch. Und Jo geht gar nicht. Jo ist entweder zu englisch (wenn man das J wie ein englisches J ausspricht) oder zu fade (wenn man das J wie ein deutsches J ausspricht). Wir haben also nachgeforscht und sind dabei in null Komma nix auf die russische Form von Johannes gestoßen – die da lautet: Iwan. Das ist vielleicht mal ein Name: kurz und klar und wild und weich. Deswegen heißt Iwan Iwan. Und er hat sich nie darüber beklagt.

9

Heute morgen fanden wir einen Zettel auf dem Tisch. Wir trauten unseren Augen nicht! In Iwans makelloser Schrift verfasst, stand da die folgende Nachricht. *Treppe: acht Stufen, schmal, steil, wurmstichig. Flur: Glühbirne ausgebrannt, habe neue eingesetzt. Zu beiden Seiten Holzverschläge, nicht einsehbar, weil mit Segeltuchplanen ausgeschlagen. Waschküche: hell, feucht, Waschmittelgeruch, wird nur von der dritten Etage genutzt. Wie er das wohl wieder herausbekommen hat? Heizungskeller: warm, dunkel, erfüllt von vibrierendem Brummen, versteckt hinter der Heizungsanlage eine niedrige Tür – fest verschlossen. Habe sie verschlossen gelassen.* Ist er also doch in den Keller gegangen. Wir waren kaum überrascht davon, dass Iwan dort nichts Eigenartiges entdeckt hat. Wer nicht sucht, der findet bekanntlich nicht.

10

Wir haben ein Fernrohr angeschafft. Auf einem Beobachtungsposten braucht man nun mal ein Fernrohr. Heute Mittag fuhr ein Transporter vors eigenartige Haus (was auch mit bloßem Auge gut zu sehen war). Der Fahrer trug eine verschlissene blaue Arbeitsweste. Und er trug einen Cowboyhut, der sehr echt und sehr unpassend wirkte. Und er rauchte. Wir benötigten es eigentlich immer noch nicht, aber sicherheitshalber kam jetzt das Fernrohr zum Einsatz: Direkt vor dem eigenartigen Haus stellte der Cowboy zwei absolute Halteverbote auf. Dann zog er zwei handbeschriebene Zettel aus der Westentasche und hängte je eines unter jedes Schild. *Wegen Umzugs* stand darauf und ein Datum aus der kommenden Woche. (Um Letzteres lesen zu können, brauchten wir nun endlich das Fernrohr.) Jemand würde ausziehen! Fazit: Nichts bleibt, wie es ist. Uns gefällt das gar nicht.

11

Wer wird ausziehen? Wir schließen Wetten ab. Abwechselnd tippen wir auf die Journalistin, den Schornsteinfeger und einen Teil des uralten Pärchens im Erdgeschoss. Nur
werden wir uns nicht einig, wer der Letztgenannten älter und deswegen dem Umzug
ins Altersheim näher ist. Sie geht wöchentlich zum Friseur und raucht Kette auf dreißig
Zentimeter langen Spitzen aus den Zwanzigern. Er sitzt den ganzen Tag am Radio und
streichelt die Katze. Abends, jeden Abend!, tanzen die beiden Tango. Unendlich langsam.
Mit geschlossenen Augen und ernsten Gesichtern. Iwan meint, wie alt man sei, habe nur
bedingt damit zu tun, wie viel Pflege man bräuchte, dafür seien wir das beste Beispiel.
Iwans derbe Seite ... Wir meinen, ins Heim kommt nur, wer bald stirbt. Und wer bald
stirbt, braucht weder Möbel, noch Möbelwagen. Das uralte Pärchen ist also gestrichen.

12

Notizen zu den Fenstern im eigenartigen Haus: Manchmal ist es unmöglich, durch sie hindurchzusehen. Und zwar nicht weil jemand Vorhänge vorgezogen, die Jalousien heruntergelassen, die Scheiben mit Folie bezogen oder mit Farbe bestrichen hätte. Die Fenster verändern ihr Aussehen überhaupt nicht. Man kann nur mit einem Mal nicht mehr durch sie hindurchschauen. Es ist, als verschlössen sie sich. Als wendeten sie sich vom Betrachter ab oder ihm den Rücken zu. Wir wissen, dass das ein befremdlicher Gedanken ist. Aber genauso wirkt es: Eben haben wir noch das aufgeschlagene Buch und die Vase mit den Tulpen auf dem Tisch des U-Bahn-Fahrers gesehen und im nächsten Moment prallt unser Blick an der Fensterscheibe ab. Jetzt rätseln wir, ob das Haus uns bemerkt hat und nun *uns* beobachtet. Zurückbeobachtet, sozusagen. Wir haben Iwan nichts davon erzählt.

13

Iwan war im abgeschlossenen Raum hinterm Heizungskeller. Gemeinsam mit Parimarjan ist er dort eingedrungen. Sie haben sich – wir wissen nicht wie – Zugang zum Schlüssel verschafft und sind mit Taschenlampen ausgerüstet hinein. Iwan weigert sich, uns zu erzählen, was sie dort gefunden haben. Er meint, das sei nichts für Menschen wie uns, und es wäre auch viel besser gewesen, wenn er selbst diesen Raum niemals betreten hätte. Mehr war partout nicht aus ihm herauszubekommen. Wir haben überlegt, Parimarjan auf uns aufmerksam zu machen und ihn zu fragen. Er könnte uns erzählen, was sich dort befunden hat. Aber natürlich mussten wir diese Idee gleich wieder verwerfen. Iwan würde sich zurückgesetzt fühlen oder hintergangen oder überlistet. Das darf unmöglich geschehen. *Unser Plan:* uns in Geduld üben und Hartnäckigkeit beweisen.

14

Seit der U-Bahn-Fahrer von seiner Reise zurück ist, schrumpft der dritte Stock. Die Decken haben sich gesenkt, die Wände sind aufeinander zugewachsen. Die ganze Wohnung wirkt geradezu wie eingeschnurrt. Seltsam ist nur, dass sich außer dem U-Bahn-Fahrer niemand in der Wohnung befindet. Deswegen fragen wir uns, ob das Haus seine Gewohnheiten geändert hat. Abgesehen vom üblichen, allnächtlichen Zusammenziehen, schrumpften die Etagen im eigenartigen Haus bis jetzt nur, wenn sich viele in einem Raum aufhielten *und* wenn sie sich mochten. Wieso schrumpft also die Wohnung im dritten Stock? Iwan weiß es. Er hat nur gelächelt, als wir ihn gefragt haben. Erst dachten wir, er mache sich wieder über uns lustig. Aber er murmelte, wir würden schon sehen, wir müssten uns noch ein wenig in Geduld üben. Schon wieder Geduld! Wir finden das ausgesprochen lästig.

15

Kürzlich war der Kammerjäger im eigenartigen Haus. Die Bewohner versammelten sich an seinem Wagen. Nur das uralte Paar aus dem Erdgeschoss sah vom Küchenfenster her zu. An alle wurden längliche Drahtkästen verteilt, die auf zwei Seiten mit Klappen ausgestattet waren. Bis zu uns herüber hörten wir den Kammerjäger seinen Vortrag halten. Siebenschläfer stünden unter Artenschutz und dürften nur lebend gefangen werden – ganz gleich, ob sie nachts das ganze Haus wachhielten und ihre Exkremente überall verteilten. Iwan kicherte nur, verriet uns aber erst Tage später, dass die Kinder des Schuldirektors die Siebenschläfer regelmäßig auf dem Dachboden fütterten und einige von ihnen vorsorglich in einem Hamsterkäfig im Schrank in Sicherheit gebracht hatten. Da erst fiel uns auf: Wir hatten dem Dachboden noch nicht die geringste Beachtung geschenkt.

16

Fast hätten wir den Umzug verpasst. Über eine Reihe von Zankpatiencen hatten wir beinahe vergessen, welcher Tag heut war. Erst als wir draußen lautes Poltern hörten, sahen wir endlich aus dem Fenster: Da stand ein knallgelber Möbelwagen mit herabgelassener Rampe. Männer mit Schiebermützen auf den Köpfen trugen ein Klavier, einen Schrank, eine zerbrechlich wirkende Stehlampe, acht Kübel mit Grünpflanzen, viele Kartons und einen Käfig, in den ein kleiner, brauner Vogel gesperrt war. Iwan warf nur einen kurzen Blick durch unser Fernrohr. »Eine Nachtigall«, sagte er grimmig. Erst sehr spät nachts, als der Wagen längst fort war und wir notierten, dass die nur von Kerzenlicht erhellte Wohnung des U-Bahn-Fahrers um mindestens sechzehn weitere Zentimeter in alle Richtungen geschrumpft war, fiel uns auf, dass gar niemand ausgezogen war.

17

Es ist also niemand ausgezogen. Und die Wohnung des U-Bahn-Fahrers ist geschrumpft. Und jeden Abend schimmert Kerzenlicht hinter den Fenstern im dritten Stock. Wir haben Iwan nicht gefragt. Nichts haben wir ihn gefragt! Diesmal war alles überaus einfach. Nur sehr kurz haben wir *sie* gesehen. Denn kaum dass wir einen Blick auf *sie* werfen konnten, haben uns die Fenster – überaus entschlossen – zurückbeobachtet. Aber immerhin: In der wenigen Zeit, die wir hatten, sahen wir deutlich: Klein ist sie und keineswegs mager. Hat trotzdem ein schmales Gesicht, beinahe spitz zulaufend, ein geblümtes Kopftuch, im Nacken verknotet, türkisfarben lackierte Fingernägel, ganz kurz, und einen braunen Pony, linealgerade geschnitten. Als wir dann überlegen, wie sie wohl heißt, wird uns klar, dass wir Iwan doch noch fragen werden müssen. Wir finden das wirklich enttäuschend.

18

In den letzten Tagen kommt Iwan nie früher als gegen acht Uhr am Abend bei uns vorbei. Wir wissen nicht, wo er sich herumtreibt. Allerdings gibt es gewisse Indizien. Er ist immer müde, wenn er kommt. Das kennen wir eigentlich nicht von ihm. Er hat Schwielen an den Händen und seine Haare riechen nach Holzstaub. Manchmal auch nach Wachs oder Leinöl. Kürzlich hatte er weiße Flecken auf einem Schuh. Wie Flecken von Wandfarbe wirkten sie. Wir haben nicht gefragt. Wir wollen Iwan nicht das Gefühl geben, er würde kontrolliert. Das mögen wir auch nicht gern. Jedenfalls vermuten wir, dass er sich zurzeit als Zimmermann verdingt. Oder als Maler. Oder Schreiner. Wir haben uns gefragt, ob das bei seinem geringen Alter nicht zu viel für ihn ist. Aber er wirkt vergnügt, beinahe heiter. Die Müdigkeit in seinem Gesicht hat nichts mit Erschöpfung zu tun.

19

Gestern hatten wir uns nichts zu sagen. Wir schauten hinaus. Wie jeden Tag. Wie immer. Wir schwiegen. Wir knabberten an den Fingernägeln. Wir knabberten ein paar Salzstangen. Die hatte Iwan irgendwann mitgebracht. Schließlich wendeten wir uns vom Fenster ab und die Rücken dem eigenartigen Haus zu. Wir betrachteten unser Zimmer. Die Kochnische. Die niedrige Tür zur Toilette. Unsere Betten. Eins links, eins rechts. In der Mitte der Tisch, an dem wir essen, schreiben und Zankpatiencen legen. Der Sessel, in dem wir lesen. Manchmal ist es unpraktisch, nur einen Sessel zu besitzen. Aber wir denken nicht darüber nach und haben uns schon lang damit arrangiert. Wer vorliest, sitzt im Sessel. Wer zuhört, am Tisch. Obwohl es erst nachmittags war, legten wir uns schließlich auf unsere Betten. Wir starrten die Decke an. Wir fühlten uns wirklich einsam.

20

Vier Tage lang haben wir auf Iwan gewartet. Er sei beschäftigt gewesen, murmelt er und sieht zu Boden. Iwan fühlt sich schlecht, weil er länger ausgeblieben ist. Wir wollen das nicht. Er ist unser einziger Freund. Wir lenken ihn ab: Die Journalistin, sagen wir, ist ausgezogen. Kein Umzugswagen. Nur ein Koffer. Und ein schwarzer Sportwagen mit Ledersitzen. Der hat vorm Haus auf sie gewartet. Die Kinder des Schuldirektors haben es gesehen und ein Feuer gemacht. In der Eisentonne auf dem Gehweg. Sie haben den Schornsteinfeger gerufen und mit ihm zusammen alles verbrannt, was die Journalistin zurückgelassen hat. In der Nacht ist die Wohnung des Schornsteinfegers wieder geschrumpft. Er hat den Kaninchenstall zu sich genommen. Den mit den Siebenschläfern. Die Kinder, sagen wir, vertrauen ihm. Iwans Jacke riecht nach frisch gesägter Fichte.

21

Iwan hat einen leeren Koffer dabei. Er sagt nicht, warum. Wir hätten recht gehabt, sagt er beim Essen. Im eigenartigen Haus schrumpften die Wände und von Zeit zu Zeit verschlössen sich die Fenster. Seit die Journalistin aus- und Jördis, die Freundin des U-Bahn-Fahrers, eingezogen sei, wohnten im Übrigen nur noch freundliche Menschen darin. Wir wundern uns über Iwan. Er scheint etwas im Schilde zu führen. Nach dem Essen will er uns vorlesen. Das hat es noch nie gegeben. Wir gehen zu Bett. Iwan zündet eine Kerze an. Er liest vor: *Wir kommen aus der Großen Stadt. Wir sind die ganze Nacht gereist. Mutter trägt einen großen Karton und jeder von uns beiden einen kleinen Koffer, außerdem das große Wörterbuch unseres Vaters, das wir uns weitergeben, wenn unsere Arme müde sind.* Den Rest hören wir nicht. Wir schlafen sofort ein. Tief und fest.

22

Wir sind nicht mehr in unserem Zimmer. Wir wundern uns, denn wir wissen nicht, wie wir hierher gekommen und wo wir sind. Die Wohnung ist groß und gemütlich mit schrägen Decken und einem Geruch nach Fichte und Leinöl. Hier gibt es zwei Fenster. Wir schauen gemeinsam aus einem hinaus. Vier Stockwerke unter uns steht eine Eisentonne auf dem Gehweg. Wir sehen spielende Kinder, rothaarig, wie die des Schuldirektors. Gegenüber steht ein Haus: klein und verfallen. Es hat ein einziges Fenster, hinter dem kein Licht zu sehen ist. Wir hoffen, dass Iwan uns bald findet. Er wird denken, wir hätten ihn verlassen. Aber das stimmt nicht. Sobald er kommt, werden wir ihm alles berichten, was wir wissen, und er wird sich beruhigen. Bis dahin, werden wir das kleine, alte Haus ganz genau beobachten. In alten Häusern geschehen oft eigenartige Dinge.

KITSUNE

Für Martin, der Langsamkeit weiß.

1

Vinzent sieht es nicht. Er sitzt auf der Bank am Haus, schaut auf die Waldkante, auf den dichten Nebel dort vorn. Er kennt den Anblick der Welt von hier, bei Regen, bei Hitze, wenn es schneit, stürmt, wenn die ersten Buchenspitzen aufbrechen. Und er weiß um ihr Verschwinden, wenn der Nebel wie ein stummes Wesen mit eigenem Begehr aus dem Wald tritt. In der Kate, vor der er sitzt, ist Vinzent zur Welt gekommen, aufgewachsen, alt geworden. Während das Leben im Tal bunt wurde und laut, hat er Abend für Abend hier gesessen und geschaut: still, erwartungslos. Heut ist er unruhig, spürt die Gegenwart eines anderen Lebens, das unsichtbar bleibt. Dann springt, Weiß in Grau, etwas im Nebel auf, verschwindet gleich darauf lautlos im Wald. Vinzent fährt hoch, starrt stumm, bis die Augen ihm tränen, bis der Nacken schmerzt, bis: »Schluss jetzt, Vinz!« Und geht schlafen.

2

Am Morgen ist der Nebel dichter noch als in der Nacht zuvor. Vinzent macht Feuer, wäscht sich, trinkt Heißes. Das Holz knistert. Er isst Brot. Käse. Dann bricht er auf, Jacke, hohe Stiefel, die Strickmütze, ein Schal. Der Wald steht still. Ab und an ein Tropfen, ein Knacken. Das Laub unter seinen Füßen nachgiebig, weich. Die Luft schmeckt würzig und fast schon nach Schnee. Er hat höchstens vier Meter Sicht. Das Dröhnen eines Wagens von der Bundesstraße lässt ihn innehalten, bis er: den Wald wieder hört. Jetzt geht er weiter über Fährten von Hasen, Rotwild, einem Dachs. Lang hält er nicht aus. Kehrt um nach Haus, kocht, liest Zeitung, sieht fern. Er schaut häufig aus dem Fenster. Als es zu dämmern beginnt, zieht er die Jacke über, setzt sich draußen auf die Bank. »Trottel«, sagt er leise zu sich selbst, lächelt dabei, »alter, verträumter Trottel.«

3

Vinzent geht nicht oft aus dem Haus. Er fühlt sich verloren da draußen. Er fühlt sich auch: beobachtet, tollpatschig, ausgeliefert. Das war nicht immer so. Und es war auch schon viel schlimmer. Es hilft nicht, über die Gründe nachzudenken. Das hat er schon. Und die kennt er. Er hat auch schon Gespräche gehabt deswegen. Und nicht nur deswegen. Mit freundlichen Menschen. Mit kompetenten. Wie es jetzt ist, ist was geblieben ist. Womit er sich arrangiert hat. Womit es ihm nicht schlecht geht. Er geht aus dem Haus, wenn nötig. Er vermeidet es, wenn möglich. Sport treibt er daheim. Er liest Zeitung, schaut fern und chattet mit Menschen, die auch so leben. Oder so gelebt haben. Oder fürchten, dass sie so leben werden. Sie sprechen über das Wetter, ein Medikament, ein Kind. Einmal hat er Klemens' Namen erwähnt. Sie lachen viel.

4

Kurz nach den Nebeln setzen die Fröste ein. Vinzent fährt ins Tal, deckt sich mit Lebensmitteln ein, holt die Winterreifen aus dem Sommerlager, besucht die Schwester, den neuen Schwager, die Nichten, den Großneffen, der erst neun Tage alt ist, der nach ihm benannt ist. Er ist gerührt, weiß nicht, was er sagen soll. Im Haus sei alles in Ordnung, beruhigt er die Frauen. Er sei versorgt, alles bestens. Ob er an Heiligabend käme? Eher nicht, er habe es doch nicht so mit dem Feiern, noch weniger mit der Kirche. Lieber käm er im Frühjahr wieder vorbei. Außer dem Schwager kennen alle das Einladespiel. Seit Jahrzehnten läuft es gleich und zu aller Zufriedenheit. Ob er Geld brauche? »Danke«, sagt er, und: »nein.« Zum Abschied winkt er. Der kleine Neffe kräht verschlafen. Und als Vinzent daheim aus dem Auto steigt, sieht er: die Fährte.

5

Fuchs, denkt er ohne jeden Zweifel. Dann fällt ihm das Nebelwesen von vor ein paar Wochen wieder ein. Mit der Taschenlampe leuchtet er die Fährte aus. Fuchs, ganz sicher. Im Winter kommen sie manchmal ans Haus, versuchen sich an der Mülltonne. In sehr harten Wintern hat er ihnen früher etwas an den Waldrand gebracht. Aber harte Winter hat es schon lang nicht mehr gegeben. Er stellt den von Schwester und Nichten vorsorglich gepackten Korb mit den Weihnachtsgeschenken unten in den Kleiderschrank, setzt Teewasser auf und kichert. Wie ihm vorhin der Schwager ein Bier anbietet. Wie er schaut, als Vinzent ihm erklärt, dass er Alkoholiker ist. Wie die Schwester viel zu laut »ein trockener!« ruft und dann schnell das Thema wechselt. »Auf dein Wohl, Reineke Fuchs«, sagt Vinzent, trägt die Kanne ins Zimmer, wirft einen Blick hinaus. Aber da ist nur: dunkle Nacht.

6

Während der Raunächte sieht Vinzent es zum ersten Mal. Wieder in der Dämmerung, und wieder verpasst er es fast. Im Garten meterhoch Schnee. Auf dem Jägerzaun glitzern Hauben. Die Obstbäume rechts vom Haus Details aus alten niederländischen Gemälden. Statt auf der Bank draußen sitzt Vinzent im Sessel am Fenster, im einzigen Erdgeschossraum der Kate. Er hat Tee auf den Tisch gestellt, betrachtet den dunkler werdenden Wald. Erst nach einer Weile merkt er, dass in der offenstehenden Zauntür: ein Tier sitzt, ruhig, still, und ihn betrachtet. Ein schneeweißer Fuchs in makellos weißem Schnee. Wie lang sitzt du da schon? Hast du schon einmal da gesessen? Das Tier schaut konzentriert. Wartest du auf etwas? Worauf wartest du? Dann trabt es unvermittelt fort. Vinzent schaut, geht vor die Tür, aber von seinem Besucher ist nichts mehr zu sehen.

7

Ab jetzt wird Vinzent das Tier nicht mehr übersehen. Und es nicht mehr verwechseln mit Nebel, mit Schnee. Ab jetzt wartet er Abend für Abend darauf, dass der Weiße wieder auftaucht. Der aber lässt sich Zeit. Inzwischen liest Vinzent alles, was er im Netz über Polarfüchse finden kann. Er fährt ins Tal, bestellt Bücher aus der Landesbibliothek, kauft auf, was die kleine Buchhandlung über Füchse führt. Sein Fell ist dünner als gewöhnlich, denkt er sich, weil es hier nicht so kalt ist. Das erklärt, warum er so schmal wirkt. Hungrig schien er nicht gewesen zu sein. Die Mülltonnen waren unberührt, die Fährte kam aus dem Wald, führte dorthin auch wieder zurück und verlief sich bald. Vinzent hat jetzt eine Theorie. Er glaubt, dass jemand das Tier illegal hergebracht hat und dass es dem Dreckschwein: fortgelaufen ist. Weißer, du bist ein kluger Kämpfer.

8

Vinzent verwirft den Gedanken, dem Förster Bescheid zu geben. Menschen mit Waffen traut er nicht. Obwohl Laurin Peters ein freundlicher, behäbiger Mann ist, mit einem Bierbauch und einem netten Wort für jeden, der gerade eines braucht. Aber Laurin Peters hat auch so viele Leben auf dem Gewissen, dass inzwischen eine klebrige Spur geronnenen Bluts auf seinem freundlichen Herzen wuchern muss. Vermutlich kommt daher die Atemnot, denkt Vinzent, das Töten schnürt dem Förster die Luft ab – langsam, aber: sicher. Aus Angst vor einer Anzeige kann der Entführer gewiss nicht offen nach dem Weißen fahnden. Vinzent fährt die Dörfer ab. Sucht einen Zwinger, sucht Anzeichen, verräterische, für die illegale Unterbringung von Tieren. Findet nichts. Er ruft bei einer Tierschutzorganisation an, legt auf, bevor jemand antwortet. Schließlich wartet er einfach.

9

Drei Nächte später sitzt der Weiße wieder im Schnee, zwei Meter näher diesmal. Mit einem Mal weiß Vinzent, dass es eine Fähe ist. Sofort denkt er albernes Zeug. Er denkt, dass mit allem Weiblichen immer alles gleich etwas Anderes und immer alles viel komplizierter ist. Er denkt, dass sie vielleicht ein Junges hat da draußen in der Kälte. Oder zwei, drei. Er denkt, dass er auf einen Rüden eingestellt war und, verdammt noch mal!, einen Rüden haben will, um den er sich sorgen kann: soll, darf. Dann ist es vorbei. Er streift sich die Jacke über, geht zur Haustür, öffnet sie langsam. Das Tier sitzt, wartet. Jetzt geht es rückwärts, geht tatsächlich: rückwärts bis zum Zaun, setzt sich dort wieder, schaut. Vinzent hockt in der offenen Tür, schaut auch. Nach einer Weile läuft die Füchsin fort. Vincent sieht ihr nach, bis sie im Wald verschwindet.

10

Vinzent setzt sich ans Fenster, trinkt Tee. Schaut durch sein Spiegelbild in die Nacht. Sieht den schüchternen, bläulichen Widerschein des Schnees. Den Waldbalken, schwarz. Das Anthrazit darüber. Mehr ist nicht zu erkennen. Kein kleines Tier, weiß auf weißem Schnee. Sie wird sich melden, denkt er, wenn sie will. Wann sie will. Er schaltet den Fernseher ein, um sich abzulenken – vergeblich, holt Taschenlampe, Jacke, Stiefel. Er steht an die acht Minuten in der offenen Tür, kämpft mit sich. Geht endlich los. Geht einmal ums Haus, durch den Garten, dann hinaus. Geht in Richtung Wald, folgt der einsamen Fuchsspur, und bemerkt, weil er sich tief hinunterbückt, weil er im Licht der Lampe genauer hinsieht, bemerkt, dass mit den Trittsiegeln: etwas nicht stimmt. Polarfüchse haben Fell an den Sohlen. Er aber schaut auf glatte, klar umrissene Abdrücke.

11

Vinzent weiß nichts davon, dass die Fähe seit dem Morgengrauen unter der Bank liegt, eingerollt auf dem mürben Hanfseil. Er hat von Klemens geträumt. Das geschieht nur noch selten. Aber immer, wenn es geschieht, versucht er, wieder einzuschlafen, etwas anderes zu träumen. Immer, wenn er es versucht, scheitert er: liegt hellwach im Bett, schafft es nicht aufzustehen, wartet. Bis irgendwann die Bilder verblassen. Bis er aufstehen, sich waschen, sich: gründlich waschen und dann so schnell wie möglich aus dem Haus stürmen kann. An solchen Tagen, nur an solchen, ist Drinnen schlimmer als Draußen. Vom Wachwerden bis zum Aufstehen hat er heut zwei Stunden gebraucht. Für den Rest zehn Minuten. Und atmet auf. Und schrickt zusammen, als die Füchsin ihn mit einem kaum hörbaren Keckern begrüßt. Und setzt sich auf die Stufe vor der Tür und weint.

12

Ab jetzt wartet die Füchsin jeden Morgen auf Vinzent. Ab jetzt steht Vinzent früher auf, beeilt sich mit den Liegestützen, den Klimmzügen, dem Frühstück. Geht zu ihr nach draußen, warm eingehüllt in Schal und Mütze. Mal liegt sie unter der Bank, mal sitzt sie vorm Zaun. Er ist unsicher: ob das Tier wegläuft, ob es sich vor ihm ängstigt. Die Weiße geht ein paar Schritte aus dem Garten, sieht zu ihm zurück, wedelt unaufgeregt mit dem Schwanz, wartet. Sie gehen. Immer wieder schaut Vinzent nach der Fähe, die manchmal vor ihm läuft, manchmal neben oder hinter ihm, die aufmerksam die Gegend beobachtet, nie mehr als fünf Meter Entfernung entstehen lässt. Sie gehen zehn Minuten, dann wird Vinzent unruhig, schlägt den Weg nach Hause ein. Das Tier läuft mit bis in Sichtweite des Hauses, trabt dann in den Wald zurück.

13

»Wir müssen achtgeben«, sagt er beim dritten gemeinsamen Gang, »der Entführer sucht bestimmt nach dir.« Die Füchsin trabt neben ihm her, lässt die Zunge aus dem Maul hängen dabei, sieht vergnügt aus. Er weiß nicht, warum er das denkt, betrachtet sie im Gehen. Immer wieder schaut er sich um: ob jemand ihren Weg kreuzt, ob jemand sie verfolgt. Wenn Spaziergänger auftauchen, wird er nervös. Aber nie beachtet jemand das Tier und die Weiße trabt ruhig weiter, als sei sie es gewohnt, auf Menschenwegen zu gehen. »Sie denken, du seist ein Hund«, vermutet Vinzent. »Wir hatten früher einen, weißt du«, sagt er nach einer Weile. »Ich hab ihn für Klemens … organisiert. Einen Welpen. Einen kleinen, weichen, wunderbaren Straßenkötermischling. Vierzehn Wochen alt, dreizehn vielleicht.« Vinzent knöpft sich die Jacke zu gegen den scharfen Wind. »Da war Klemens fünf.«

14

Inzwischen gehen sie manchmal eine ganze Stunde, auch länger, wenn es nicht zu kalt ist. Inzwischen ist Vinzent sicher, dass der Entführer es aufgegeben hat, die Weiße zu suchen. Inzwischen ist er überzeugt davon, dass der Förster, sollte er ihnen begegnen, wie alle anderen denken wird, er habe sich einen Hund zugelegt. »Prima Idee«, wird er gutmütig nicken, so hat Vinzent es sich ausgemalt. »Ein Mann sollte nicht zu oft alleine sein, Vinz«, wird er sagen, wird ihm die Schulter klopfen, wird den Flachmann aus der Joppe ziehen, ihn umständlich aufdrehen, einen Schluck nehmen, Vinz die Flasche hinhalten, sie wieder zurückziehen, sich aufrichtig zerknirscht entschuldigen, sie schnell in den Loden vor seinem Herzen versenken. Vinzent wird »Ja« sagen und nicken. »Jeder braucht einen Freund«, wird er sagen, und sie werden gut gelaunt: auseinandergehen.

15

Als Vinzent der Weißen von der Schwester erzählt, ist aller Schnee geschmolzen. Hinterm Wald sind sie über die Felder gewandert, die noch braun sind und schlammig, über denen Krähen kreisen. »Die Schwester«, sagt er, »war immer da. Das war mein Glück.« Die Fähe schnuppert an seinem Hosenbein, reibt die Schnauze dran, lässt sich mit einem Plumps halb auf, halb neben seinen Füßen nieder. »Hat immer auf mich aufgepasst«, fährt Vinzent fort. Er krault die Füchsin zwischen den Ohren, sieht ins Tal dabei. »Es geht ihr gut inzwischen. Sie lebt mit einem netten Mann, glaube ich. Ihre Töchter sind erwachsen. Sie ist sogar Großmutter jetzt.« Die Weiße bellt leise. »Die Mutter hat immer gedroht, sie nähm ihr die Kinder weg, wenn sie je welche bekäme.« Er kichert, und es klingt wie ein heiseres Husten. »Haben wir aber verhindert: das«, sagt er.

16

»Die Mutter hat nicht getrunken«, sagt Vinzent. »Auch nicht geraucht. Sie verabscheute Drogen. Ihr Zorn kam nicht von außen, er kam von tief innen. In ihr prasselte eine große Wut. So groß, dass ihr Körper zu klein dafür war. Sie konnte die Wut nicht in ihrem Körper behalten. Sie konnte sie nicht niederdrücken da drin. Es wäre einfach nicht gegangen. Nicht mal, wenn sie es: versucht hätte. Sie benutzte alles, was herumstand, wenn die Wut aus ihr kam. Schuhe, Bilderrahmen, Lampen, Gabeln, Messer, Kleiderbügel, Flaschen, die Wand, alles. Aber am liebsten benutzte sie Worte. Wenn sie ihre Wut mit Worten aus sich herausließ, war es immer am Schlimmsten. Bis zu dem Tag, an dem Klemens…«, Vinzent legt den Kopf schräg, streicht der Weißen über den Rücken. »Das war viel schlimmer. Das war das Allerschlimmste«, sagt er sehr ruhig.

17

In einem weiten Bogen gehen sie zum Kamm des Hügels. Die Weiße läuft in leichtem Galopp meterweit vor, wirft sich auf die strohige Wiese, schrubbt sich das Fell, bis es grau und fleckig ist und Vinzent aufgeschlossen hat. Auf dem Grat laufen sie weiter in Richtung Kate, biegen aber nach Osten ab. »Da«, sagt Vinzent, stößt das niedrige Eisengatter hinter der Kapelle auf. Die Fähe läuft vor, als wüsste sie, wo das Grab liegt. »Wir haben Klemens mit ihr alleingelassen an dem Abend. Das war. Fahrlässig war das.« Aber die Füchsin bellt, springt ungeduldig über die umliegenden Gräber, läuft zum Tor hinaus. Wartet. Vinzent lacht laut. »Siehst du«, sagt er zum Grabstein, auf dem zwei Daten stehen und ein Frauenname, und geht fort. »Wir mussten nicht lang in den Knast. Minderjährig«, erklärt er der Weißen, »mildernde Umstände, weil wir. Wir haben ihn gefunden. Verstehst du.«

18

Federnd läuft Vinzent neben der Füchsin her. »Klemens ist auf dem neuen Friedhof bei der großen Kirche begraben«, sagt er, »das hat die Schwester durchgesetzt: dass die Mutter da nicht hinkommt.« Die Weiße fällt in einen rascheren Trab. Vinzent läuft neben ihr. Läuft schneller und schneller. Lacht dabei, lacht laut und hell und ausgelassen. Die Füchsin bellt, springt im Laufen an ihm hoch. Sie rennen, balgen, rennen. Vinzent lacht und lacht. Die Kate kommt in Sicht. Hinterm Wald ist die Sonne verschwunden. Vinzent außer Atem, die Weiße still, ruhig. Sie schauen ins Tal. Er streicht der Füchsin über den Rücken. Sie keckert. Vinzent geht zum Haus, ruhig jetzt wie das Tier. In den Augen noch: das Lachen. Am Zaun blickt er sich nicht um. Geht zur Bank, setzt sich. Schaut endlich. Der Weg. Die Wiese. Der Wald. Darüber der stetig nachdunkelnde Himmel.

IN DER FERNE
DIE FELSEN

1

Sie wissen nicht, ob sie hier gestrandet sind oder hier geboren wurden. Sie kennen ihre Namen nicht. Sie sagen du zueinander, wenn sie sich rufen – am späten Abend zum Beispiel, wenn die Dämmerung einsetzt und sie sich fürchten vor der Dunkelheit, die kommt. Sie wissen nichts von ihren Eltern oder davon, ob sie selbst Kinder haben, Nichten und Neffen. Sie vermuten, dass dieses Stück Erde eine Insel ist. Sie können sich das Gefühl nicht erklären, empfinden es aber mit großer Deutlichkeit: ein Wassergefühl rundherum. Nachts sitzen sie am Tisch in der Hütte. Er ist alt. Sein Holz ist nachgedunkelt, wie das der Stühle. Sie lauschen der Brandung. Sie zünden eine Kerze an. Im Schrank haben sie Kerzen gefunden: hunderte, in Bündeln zu je sieben. Daneben Streichhölzer in Mengen. Sie trinken Wein. Sie essen Käse und Brot. Sie wissen nicht, worüber sie sprechen könnten.

2

Morgens fällt Sonnenlicht auf die Betten. Davon wachen sie auf. Dort muss Osten sein, sagen sie und sehen sich erstaunt an. Sie wissen nicht, woher sie wissen, was Osten ist, und woher, dass die Sonne dort aufgeht. Sie lachen. Sie umarmen sich. Sie tanzen einen kleinen Tanz. Dann tragen sie Holztisch und Stühle auf die Veranda. Sie setzen sich. Lang schauen sie aufs Meer. Sie trinken Tee. Sie essen Oliven und Nüsse. Dann muss dort Westen sein, sagen sie irgendwann und nicken. Sie betrachten die Berge am Horizont. Hohe Felsen, auf denen zu manchen Zeiten im Jahr Schwärme von Seevögeln nisten. Wenn die eintreffen, wird's laut, denken wir. Bis ins Rollen der Wellen wird der Lärm dann zu hören sein. Die drei am Tisch schauen auf unbelebte Grate und Nischen aus Kalk in der Ferne. Von den Vögeln wissen sie nichts.

3

Wir irren uns, wenn wir glauben, sie brächen bald auf zu den Bergen: Sie sammeln Muscheln. Sie stechen Löcher durch die Schalen und fädeln sie an trockenen Algen auf. Viele zerbrechen. Die meisten Fäden zerreißen. Die drei summen leise. Sie sitzen im Schatten eines Baums mit fächrigen Blättern. Wie die Schneider sitzen sie und vornübergebeugt. Wenn sie müde werden, legen sie sich auf die Seite und schlafen. Wenn sie wieder erwachen, machen sie weiter. Am Abend hängen sie Muschelketten an die Verandadecke. Wir beobachten sie, betrachten ihre ruhigen Bewegungen, ihr stilles Tun. Ein Hauch von Ungeduld macht sich in uns breit. Sie schauen. Sie warten auf eine Brise. Sie öffnen die letzte der bauchigen Glasflaschen und trinken Wasser. Kaum hörbar im Rollen der Wellen, hebt die Kalkmusik an. Sie lauschen. Sie schließen die Augen. Heute schlafen sie auf der Veranda.

4

Sehr bald, wir sind uns sicher, wird etwas geschehen. Vielleicht, denken wir, brechen sie morgen zu den Kalkfelsen auf. Es wird ein beschwerlicher Marsch werden. Die gläsernen Wasserflaschen sind viel zu schwer, als dass sie mehrere mitnehmen könnten. Und die Strecke aus Durst, die Kilometer um Kilometer entlang der Salzwasserlinie bis zu den Felsen führt, wird sich als Prüfung erweisen für die kleine Gruppe. Wenn die Mühsal der Wanderung, das Hitzedrücken, der Wassermangel und irgendwann das Nagen des Hungers unerträglich werden, ist sich noch jeder Mensch selbst der Nächste. Aber wer weiß, denken wir, vielleicht bestehen sie die Prüfung und schleppen sich gemeinsam voran, bis hin zur Quelle. Darin sind wir uns einig: Unterm Grün der Wälder am Fuß der Berge werden die drei eine Quelle finden. Auch wenn sie im Moment noch tief und fest schlafen.

5

Gegen Mittag zieht ein Kormoran vorüber. Schwarz und gedrungen, mit lang gestrecktem Hals und dem Schnabel: unverschämt gelb. Von links, wo die Fächerbäume stehen, flappt er an der Veranda vorbei, auf der die drei immer noch träumen. Ein Fleck. Ein dunkles Wabern. Ein Punkt, Pünktchen. Bis unsere Augen tränen. Er verschwindet gegen die Felsen hin, löst sich auf ins Grün, ins Blau, Grau der Bergfüße, die nach oben hin heller werden und schlanker, gratig, schrundig. Verzipfelt werden sie und scharf, bis sie in schneeweißes Gleißen geraten ganz oben an den Gipfeln. Ein brennendes Weiß, das dem Kalk gehört und der Kreide. Auch dem Fäkalsediment der Vögel, die hier landen, nisten, fressen, brüten, schlüpfen, lärmen, wenngleich nicht jetzt. Und stetig das Rollgerausche vom Meer her, das Anbranden. Immer noch kein Wind. Und den Kormoran haben sie verschlafen.

6

Erst als die Sonne schon über den Zenit hinaus ist, wachen die drei auf. In der Küche finden sie Wasser, Fladenbrot, Schafskäse, frische Tomaten. Lang wird das so nicht weitergehen, denken wir, Morgen für Morgen Essen und Trinken wie bestellt, wie hingemalt einfach so. Später springen die drei im gemächlich heranglucksenden Meerwasser herum. Sie lachen. Sie drücken sich gegenseitig unter. Sie lassen sich vom Wasser tragen und betrachten den Himmel. Wolken mit besonderen Formen zeigen sie einander und raten so lange, was sie darstellen könnten, bis sie ihre Form vollständig verändert haben. Das war ein schönes Spiel!, sagen sie am Abend. Sie nennen es Wolkenauflösen. Sicher packen sie gleich ihre Bündel für die Wanderung morgen. Wir nicken einander zu, erleichtert, gespannt. In einer Schublade finden sie Kokosfett gegen den Sonnenbrand.

7

Der helle Ruf eines Tiers lockt sie aus der Hütte. Sie stehen in der Nacht. Die Muschelketten klimpern. Stetes Schwappen vom Meer her. Ein Fächerblatt schabt. Der Mond ist neu, scheint dürre. Ein paar Sterne sind zu sehen. Zwei der drei halten sich an den Händen. Sie haben sich verliebt, denken wir, und nun wird es Ärger geben, weil zwei zu eins immer Ärger gibt. Der Ruf ist wieder zu hören, kommt aus der Ferne inzwischen. Wir fragen uns, ob es ein Vogel war oder ein Vierbeiner. Die drei gehen ein paar Schritte, lauschen, schauen sich um. Wir denken, dass sie sich gleich eine Waffe holen. Eine Latte, ein Stuhlbein. Irgendetwas, mit dem man zuschlagen, mit dem man sich verteidigen kann. Sie bleiben stehen. War es ein Vierbeiner?, fragen sie einander. Oder eher ein Vogel? Weil es so warm ist, gehen sie baden im dunklen Meer.

8

Später zieht vom Wasser her Nebel auf. In einer Langsamkeit, die den Vorgang beinahe unsichtbar macht, rollt Stille auf den Strand zu: wattig, grau. Erst schwebt sie überm Wasser, bedeckt dann den Sandstreifen, auf dem die drei eben noch in der Sonne lagen, nimmt aber schließlich, sanft und unerbittlich, die Hütte in sich auf. Hinterm Haus entdecken sie Stapel geschichteter Scheite. Waren die vorher schon da? Im Schrank finden sich grob gestrickte Schurwollpullis und neben der Spüle liegen zwei Pinsel. Wie vergessen, wie aus Versehen liegen gelassen. Ein feiner für allerschmalste Linien, ein breiter mit weichem, gelbem Haar. War jemand hier? Woher kommen die? Es gibt Wein!, ruft einer. Den Korken zieht eine andere. Und wir sind uns ganz sicher, dass heute Nacht endlich etwas geschehen wird. Etwas Gruseliges, vermuten wir vage.

9

Der kleine Kamin passt irgendwie nicht, finden wir. Aber es scheint, als sei er schon immer da gewesen, als hätten wir ihn bislang nur übersehen. Das Feuer wärmt den Raum. Und es knistert gegen den Regen an, der seit einiger Zeit aufs Dach und gegen die Scheiben trommelt, so heftig, dass die drei ihr Gespräch aufgeben. Sie schauen in die Flammen. Sie nippen an ihren Weingläsern. Eine ist eingeschlafen. Die Muschelketten hängen bewegungslos über ihnen von der niedrigen Decke. Sie haben sie hereingeholt, als mit dem Wind der Regen kam und der Nebel ging. Sie sitzen in Getöse. Mal brüllt der Ozean, mal blitzt es und donnert. Ununterbrochen wirbelt der Regen auf der Hütte herum. Am wenigsten lärmt das Holz. Es knackt, es flackert. Sie legen Scheite nach. Sie schlafen vor dem Feuer ein. Sie träumen, dass jemand den Regen malt.

10

Während der nächsten drei Tage geschieht nur Regen. In grauen und blauen Schlieren, in Punkten, Strichen, Linien aus Glasgrün und Weiß wickelt der Wind das Nass um die Hütte, böenweise oder in Stößen, verstummt auch mal ganz: Die im Haus horchen dann auf, pusten die Muschelketten an. Sie lachen: Da draußen klimpert der Regen, hier drinnen klimpern wir. Lang stehn sie am Fenster. Das Meer ist in die Höhe gewachsen. Es reicht näher an die Hütte heran. Mehr Meer um uns her, sagen sie und wir seufzen leise. Wir hoffen, dass der Wind das Dach einreißt. Oder ein Fenster zerdrückt. Oder dass der Sturm einen unerwarteten Gast auftauchen lässt. Eine zerzauste Katze, einen winselnden Hund vielleicht. Einen Kakadu, der krächzt. Aber lediglich ein dritter Pinsel findet sich unter der Spüle, voll mit eingetrocknetem Grau. Sie legen ihn zu den anderen beiden.

11

Wir sind kurz davor, die drei in den Orkus zu jagen. Sie aufzugeben. Sie sein zu lassen. Wir beratschlagen, wie viel Zeit wir ihnen noch geben. Sie strapazieren unsere Geduld wie selten vorher jemand. Wir schauen noch einmal: Gegen die regensatte Luft in dicke, bunte Decken gehüllt, sitzen sie auf der Veranda. Sie werden nicht müde, den Regen zu betrachten. Sie haben sich Teetassen mit hinausgenommen und schauen und schauen. Wir wissen nicht genau warum, aber wir entscheiden uns, noch zu warten. Inzwischen sitzen sie weiter und weiter auf der Veranda und schauen ins stete Tropfen. Kaum sichtbar hinter dem Wasserschleier überm Meer, zieht ein Schiff vorüber. Ein großes, sehr großes muss es sein, wenn es bis hierher zu sehen ist. Sie murmeln etwas, sie nicken. Sie nippen an ihren Tassen.

12

Plötzlich kichert eine und hört nicht mehr auf, bis alle drei lachen, sich die Bäuche halten, die Schenkel klopfen. Voller Erwartung horchen wir auf. Wie auf ein Kommando werfen alle drei gleichzeitig ihre Decken nach hinten und schlüpfen aus ihren Kleidern. Sie rennen unter dem schützenden Verandadach hervor, hinaus in den Regen. Sie werfen die Arme dem Himmel entgegen. Sie stampfen mit den Füßen im nassen Sand herum. Sie schleudern die triefenden Haare mit dem Wind. Dann nehmen sie sich an den Händen und rennen in die Wellen hinein. Gleich ertrinkt einer! Gleich haben sie Sex im Schlamm! Gleich werden sie vom Blitz erschlagen! – wild mutmaßen wir durcheinander. Zweimal tauchen sie kurz unter, dann sprinten sie zurück in die Hütte, rubbeln sich trocken, ziehen Warmes über, schüren das Feuer. Stand der heiße Kakao vorhin schon hier?

13

Ist es nicht eigenartig, sagen sie, als am vierten Tag der Regen dünner wird, ist es nicht seltsam, dass an manchen Tagen der Himmel und das Meer aus den gleichen Farben gemacht sind wie die Berge und der Regen? Dann deuten sie auf den Strand weit links hinten. Dort läuft eben ein Tier aus dem Sichtfeld hinaus. Ein kleiner Hund könnte es sein. Oder eine Katze? Ginge man nur nach den Farben, sagen sie, könnte man sie nicht unterscheiden: die Berge, den Himmel, den Regen. Das fällt ihnen heute auf, weil das Licht den Dingen ihre Namen zurückgibt. Die drei stehen vorm Haus und betrachten die Felsen, die Wolken, den Sand, das Meer, das wieder ganz still liegt und murmelt. Und wir trippeln vor Ungeduld hin und her, denn jetzt packen sie einen Beutel mit Proviant: Es geht los! Aus dem Fächerbaum neben dem Haus tönt ein lautes, ein hässliches Krächzen.

14

Die Erde dampft. Im Schein der Sonne, die jetzt hoch am Himmel steht, schwitzt sie aus, was sie nicht zu schlucken geschafft hat während des Regens. Die drei stehen am Strand, stehen still in diesem feinen Nebel, der diesmal vom Boden, nicht vom Wasser her kommt. Das Dach der Hütte dampft. Aus den Wäldern am Fuß der Felsen dampft es. Über dem breiten Sandstreifen, der sich bis zum Horizont an der Küstenlinie entlangzieht, dampft es: eine Wolke aus lautloser Verwandlung von Wasser in Luft. Nur die Felsgrate stehen klar und ganz frei in der Höhe. Und von dorther ist plötzlich, fern, aber deutlich, anschwellender Lärm zu hören. Seht nur!, rufen sie und schauen mit offenen Mündern. Schwärme weißer Vögel, winzig von hier aus, sind im Landeanflug auf die Berge. Der ganze Himmel im Osten scheint mit einem Mal getupft und gesprenkelt.

15

Wir sind fassungslos! Im Beutel ist kein Proviant. Neben ihm stehen inzwischen fünf weitere und es folgen immer mehr. Die drei haben beschlossen, die Hütte zu putzen, und in der Küche damit begonnen. In den Beuteln findet sich alles, was offen in der Küche stand und beim Putzen störte. Sie fegen, sie wischen und schrubben. Einer kehrt das Zimmer. Während draußen alles trocknet und immer weiter hunderte von Vögeln auf den Bergen landen, verbringen die drei tatsächlich den ganzen Tag damit zu räumen. Jetzt werden wir wirklich ungeduldig! Wir wollen das nicht mehr mit ansehen. Wir wollen, dass endlich etwas passiert. Etwas Wirkliches. Etwas, das unsere Zeit wert ist. Etwas, das uns unterhält. Aber, gerade als wir uns abwenden wollen, kommt ein lauter Ruf aus der Küche. Wir schließen Wetten darüber ab, dass es doch nur wieder Alltägliches ist.

16

In der Speisekammer haben sie eine Palette gefunden. Ein Holzoval mit Loch für den Daumen und Farbklecksen en masse. Wie wir denken die drei, dass sie dort sicher schon lange liegt. Aber die sie jetzt in der Hand hält, spreizt die Finger ab und lacht. Feuchte Grüntöne schimmern auf ihrer Haut. Jemand muss das hier erst vor Kurzem vergessen haben! Sie untersuchen die Speisekammer genauer und finden bündelweise verschiedene Pinsel, an die zwanzig flache Dosen mit Farbpigmenten und, ganz hinten, eine Staffelei. Sie ist auseinandergebaut und wirkt auf den ersten Blick wie eine Ansammlung längerer und kürzerer Stöcke. Die drei holen die Stäbe heraus und setzen sie zusammen. Weil sie so etwas noch nie getan haben, brauchen sie lange dafür. Sie betrachten die Utensilien, die sie gefunden haben. Fehlt da nicht etwas? Sie wissen es nicht.

17

Abends sitzen sie im Zimmer am Tisch und spielen Karten. Ein Spiel, das wir nicht kennen. Sie essen Kekse. Sie sprechen davon, was sie bei der Ankunft der Seevögel beobachtet haben. Sie erzählen von gelungenen Landeanflügen; von solchen, die der Wind mehrmals vereitelte; von solchen, die sie zum Lachen brachten, weil Vögel durcheinanderpurzelten oder aufeinander landeten. Leise ahmen sie die Schreie nach, wie sie sie auf der Veranda gehört haben. Sie halten sich das Fernglas, das sie beim Putzen fanden, vor die Augen. Sie prusten vor Lachen, weil sie einander viel zu nah sind, als dass sie sich richtig sehen könnten durch die Linsen. Die Vögel waren weiß vor den weißen Wolken, sagen sie. Und später waren sie grau vor dem grauen Himmel. Sie gehen ans Fenster. Sie schauen in die Nacht. Sie denken über Licht nach.

18

Bis Mittag geschieht nichts als Schlaf und Stille und ein wenig Wind und zwei, drei Krächzer aus dem Fächerbaum, und wir glauben, dass ein Luchs hinterm Haus vorbeigelaufen ist, aber niemand hat ihn wirklich gesehen. Nach dem Frühstück holen die drei Pinsel aus der Speisekammer. Sie tragen Pigmente ins Zimmer und überlegen, was fehlt. Endlich holt einer ein Bettlaken. Sie reißen es in drei Teile. Sie wissen nicht, wie das geht mit den Farben. Neben dem kleinen Holzregal entdecken sie ein Glas Wasser auf dem Boden. Wie kommt das wieder dahin?, fragen wir uns ärgerlich, das stand doch vorher nicht dort! Sie tunken Pinsel ins Wasser. Sie wischen Pigmente auf ihre Lakenstücke. Sie gehen ans Fenster und schauen. Sie lauschen auf den Teppich aus Rufen und Liedern und Schreien. Sie hocken sich wieder hin. Sie malen Vögel vor Wolken. Sie malen das Meer.

19

Sie malen bis tief in die Nacht. Sie malen bei Kerzenschein. Sie malen im Flackern der Flammen aus dem Kamin. Sie malen über die Leinwände hinaus. Sie malen auf den Dielen weiter. Sie malen die Wände entlang und über die Decke. Sie malen, bis der Morgen kommt. Sie malen das Krächzen aus dem Fächerbaum. Sie malen das Huschen des Luchses. Sie malen die Vogelschreie über dem Kalk. Sie malen das Gluckern der Quelle unter Brocken aus Fels am Bergfuß. Sie malen die Nebelstille. Sie malen das Klopfen der Regentropfen und das Knacken der Scheite. Sie malen den langgezogenen Schrei der Gabelweihe, die aus dem Nichts auftaucht und minutenlang über der Hütte kreist, bis sie ganz plötzlich abdreht und für immer von der Insel verschwindet. Sie malen den Grasabgang des Rotweins. Sie malen das Klimpern der Muschelketten und schlafen in Pfützen aus Farbe.

2O

Wir betrachten die drei. Sie träumen vom Knacken aufbrechender Eierschalen oben auf den Graten oder vielleicht von harten Schnäbeln, die Flaumgefieder putzen, aber vielleicht auch von ersten Flügen, von auf den Wind gespannten Schwingen oder der Brandung, die die Vogelfelsen höhlt: Was wissen wir schon, wovon sie träumen! Wir betrachten die drei, während sie da liegen und vielleicht träumen, aber vielleicht auch nicht, und fragen uns, wie es kommt, dass wir immer noch hier sind, dass wir nicht längst fort sind auf eine andere Insel oder aufs Festland, und schauen zu den Pinseln hinüber und den Pigmenten und beginnen über Licht nachzudenken und über Farbe und hören ein Blatt übers Dach schaben und aus der Ferne den Schrei eines Kormorans und vielleicht läuft gerade irgendwo ein Luchs aus dem Bild.

Das eigenartige Haus erschien zuerst in der edition taberna kritika, Bern 2012.

Der kursive Passus auf S. 47 ist ein Zitat aus: *Das große Heft* von Ágota Kristóf (Hamburg 1987)

Sudabeh Mohafez lebte in Teheran, Berlin, Lissabon und Stuttgart. Mittlerweile im Schwäbischen Wald ansässig, schreibt sie Romane, Erzählungen, Gedichte, Theaterstücke und übersetzt aus dem Persischen, Portugiesischen und Englischen.

www.sudabehmohafez.de
http://eukapi.twoday.net

Rittiner & Gomez sind Bildermacher und leben und arbeiten in Spiez (Schweiz).

www.rittiner-gomez.ch
www.isla-volante.ch

Von **Sudabeh Mohafez** bereits in der edition AZUR erschienen:

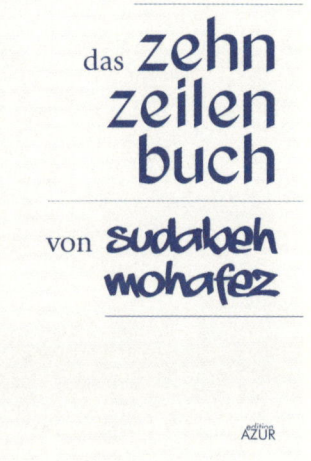

2. Auflage
112 S., Klappenbroschur,
17,90 EUR
ISBN 978-3-9812804-6-3

Machen wir es kurz: Zehn Zeilen pro Geschichte – das war das Maximum, das sich Sudabeh Mohafez für ihren Ausflug in die »kleine Form« zugestand. Was als Experiment auf einem literarischen Blog begann, entwickelte schnell eine Eigendynamik und fand begeisterte Leser. *das zehn zeilen buch* versammelt die 52 besten Shortest Stories von Sudabeh Mohafez alias eukapirates. In episodischer Kürze verhandelt sie das Leben, das Schreiben und die Aggregatzustände der Liebe.

»Wundersame, fantastische Geschichten«
Petra Pluwatsch, Frankfurter Rundschau

»Die Piratin der kleinen Form«
Carola Gruber, Poetenladen